KB103148

별여행자

별여행자

발 행 | 2020년 12월 8일
저 자 | 김환철
펴낸이 | 한건희
펴낸곳 | 주식회사 부크크
출판사등록 | 2014.07.15. (제2014-16호)
주 소 | 서울특별시 금천구 가산디지털1로 119 SK트윈타워A동 305호
전 화 | 1670-8316
이메일 | info@bookk.co.kr

ISBN | 979-11-372-2648-7
www.bookk.co.kr

별여행자

김환철 시집

시인의 말

　시는 쓸수록 어렵다는 생각을 많이 한다. 여백의 미를 가진 시의 특징을 살려 시의 매력을 어떻게 살릴 수 있을까? 늘 고민해왔던 것 같다. 때로는 보들레르처럼 시를 쓰고 싶고 때로는 네루다처럼 시를 쓰고도 싶었지만, 허공 속, 메아리로 남을 뿐이다.

　이번 출간 시집에서 편집 및 디자인 작업을 직접 해 보았다. 그래서 시집에 더욱 애착이 간다. 주말 동안 매번 밤을 새우며 작업을 했다. 창작의 고통만큼이나 편집과 디자인에 대한 고민도 많았다. 한 권의 책이 나오기까지 많은 이들의 땀이 묻어 있다는 사실을 새삼 깨달았다.

　독자들의 요청으로 새로 창작한 작품과 기존에 출간되어 많은 사랑을 받은 작품들을 골고루 넣어서 출간하였다.

　내 시집이 독자들에게 낭만과 삶의 향기를 전해주길 기대해 본다.

2020. 12.　별빛 향기가 가득한 서재에서

제1부

1부

별여행자

붉은 멍자국

어렴풋이 기억의 퇴고가 밀려오면
릴케가 그리워하는 에이미가 찾아온다
흐린 하늘 사이에 걸려있는 작은 미풍 하나
흔들리는 촛불 심지는 촛농의 눈물을 머금고
자신의 몸부림을 깎아내린다

여명의 창가에서 불어오던 이슬방울의 멍 자국들은
어스름한 기억의 창고에서 퇴색되고
붉은 사과 한 덩이 퉁퉁퉁
떨어지더니 붉은 멍 자국만 덩그러니 생기고 말았다

계절이야 변하면 그만이지만
한기(寒氣)를 먹은 바람은 계절과 상관없이
늘 갈림길에 선다
어제 먹은 먹태의 울림이었나
아니면 고달픈 탁자 위에 놓인 막걸리 사발의
흐느낌이었나

가다가 멈춘 태엽 시계는 더 감을 수 없는
고장 난 한 움큼의 먼지가 되어 버렸고

힘들에 올라간 산등성이에서 소나기를 만나버린
흰 민들레의 흔들림 속에 하루를 던져 버린다.

흐느낌의 주범(主犯)

어둡다. 캄캄한 회색 도시의 어두움은 킬리만자로의
표범의   흐느낌을 기억하고 있다
길가에 멈춘 차들은 붉은 신호등의 먹이가 되지 않으려
분주하게 움직이고 거역할 수 없는 광장의 조각상들은
움직이는 모든 이들을 주시하고 있다

언젠가 듣겠지, 푸른 삶이 포효하는 아프리카를 달리던
야생동물들의 울음소리를
힘들면 말하겠지, 사냥꾼의 흐르는 땀방울이
결코 죄가 되지 않는다고
깊이 들어갈 수 없는 질척한 통로를 가로지르며
흐느끼는 물새는 또 말하겠지
이제는 더 이상 이 통로 빛이 들어가지 않는다는 것을
미움의 그림자는 석양으로 묻어 버리고
지구의 종말을 알리는 한그루의 사과나무는
언제나 그 모습 그대로 흙을 지탱하고 있다는 사실을
알고 있다

배고프다고 울부짖는 아기의 새 부리 같은 입처럼
도시의 컴컴함을 푸른 파도의 몸짓으로 변화시키겠지

안락사를 준비하는 애완견의 눈물을 한 사발 들이킨
수의사는 도시의 회색

커튼을 드리우며 킬리만자로의 야생으로 돌아가길 빌어준다
검은 아스팔트 위에 하얗고 노란 줄을 그어 놓은 이유이다

일방통행

길모퉁이에 앉아 고민의 안개 속을 걷고 있다
길이 나올 것 같아 달려가다 그만 돌아갈 길을 잃고 말았다
돌아갈 수도 없고 앞으로 갈 수도 없는
뒤틀림의 순간들

보도블록을 깨서 길을 만들어 보려 했으나
표지판 속 유턴이 내 삶의 흔적들을 되돌려 보려고 한다
일방으로 밖에 갈 수 없는 운명도 모른 채
공허한 담배 연기 자국만 골목 안에 가득하다

저 끝에 유토피아가 있는 허망한 생각들
어떤 죽은 이의 유골함이 골목길을 지나갈 때
비로소 일방통행의 현실을 깨달았다
길이 길을 갉아 먹고 있다
뿌연 안개의 뒷등만이 막다른 벽을 비추고
돌릴 수도 돌아갈 수도 없는
막장 길 위에서
차를 버리고 길 위를 떠난다

지구

바다의 물길을 왜 사랑했을까?
강줄기의 벅찬 숨소리를 왜 잊지 못할까?
세상의 모든 것들을 우주로 잃어버리기
싫어하는 너

작은 꽃씨도 우주로 날아갈 수 없도록
탐하는 너는
티끌만 한 꿈까지도
너의 중심으로 안는다

우주 공간의
허무함을 아는지
너는 중력이란 이름으로
품고 있는 모든 것들을
놓치지 않으려 한다

너는 나를 안고
나는 너에게 기대어 살아가고 있다

파란 안개 속에서

파란 들장미는 식초의 시쿰한 냄새를 가득 담고 있었다
의자들 사이 앉은 이름도 모르는 벌레들의 향연에서
파란 장미는 가시를 줄기 안으로 넣어 놓았다. 두더지처럼
시궁창 속에 걸려있는 낡은 행주는 손님의 식탁 위에
오르지만 파란 장미는 안개를 한가득 안고
파란 안개 속에서 자신의 색을 숨긴다
지나간 열차의 긴 꼬리를 밟으려는 어린아이처럼
파란 장미는 겹겹이 숨겨진 자신의 형태와 냄새를
결코 맡지 못한다
졸렬한 한 인간이 먹다 남은 냉면의 사리처럼
흐느적흐느적 하는 졸작의 그림자는
붉은 함성을 이끌고 오는 힘찬 아우성친다
달려도 달려도 끝이 없는 들판 위에 펴져 있는
파란 장미는 자신의 운명을 자신의 형태와 냄새를
결코 맡지 못한다
졸렬한 인간이 먹다 남은 냉면의 사리처럼 흐느적 거리는
졸작의 그림자는 붉은 함성을 이끌고 오는 힘찬 아우성이다

달려도 달려도 끝이 없는 들판 위에 펴져 있는 파란 장미는
자신의 운명을 모른 채 이슬을 머금으려 수증기를 유혹하고
있다
필수 항목인 비밀번호를 치자 파란 장미는
봉우리를 살며시 벌레들에게 내어 보인다
시궁창 같은 냄새는 꽃봉오리에 숨어 있었다

세숫대야에 담긴 물은 흐느적거리는 폭풍을 담아
물결 속에 소용돌이를 만들어 파란 장미를 쓸어 간다
벌레들이 꾸물꾸물 줄기를 타고 이내 가시를
갈아 먹어버린다

이제 장미는 장미가 아니다 파란 장미의 계절은 가고
남아있는 잡초를 키워주는 생태계의 하위 사슬일 뿐이다

독도의 비상(飛上)

봉긋 솟은 너는
바람이 많은 곳에 터를 잡았구나

바람을 타고 날아오는
남과 북의 숨소리를 이곳에서
폐 속으로 태양과 함께 집어삼켰다

조국의 찬란한 영광과 함께한 너는
홀로 굳건한 민족의 두 개의
주춧돌이 되었구나

갈매기 소리와 노란 들꽃을
아기자기하게 버무려

민족의 정기를
온 산에 새겨 놓았구나
여기 독도에는 벌써 수천 만 명이
살고 있다

해안선

육지의 정열과 바다의 열정 사이
만남을 불태우는 곳

불분명한 영역이지만
너는 내가 될 수 있고
나도 네가 될 수 있는 유일한 곳

붉은 저녁놀을 머리에 이고
육지로 달려가면

육지는 동해를 한 바가지
들이 삼키고 잠을 청한다

그곳에서는
끊임없이 하나가 되려는
몸부림이 있다

다시다의 추억

고추장을 풀어 놓은
반달 모양의 감자가 들어 있는
진짜 감자탕

직장을 잃어버린 아버지가
집안일을 하실 때 기억이다

어머니의 요리만 맛을 본 나는
신라 경순왕 36대 종손인
아버지의 요리가 부담스러웠다

고추장 국도 아닌
감자탕도 아닌 애매한 국이
의외로 맛이 나서 계속해 달라고 졸랐다

무뚝뚝한 아버지는
감자탕을 신나게 끓이셨고

어느 날 그 비법을 알고 말았다

마지막에 다시다를 듬뿍 넣으시는
아버지의 뒷모습을

독자가 쓰는 메모 ^(이 공간에 좋은 시를 필사해 보세요)

바람의 눈물

바람이 툭툭
커튼을 친다
자신을 안아 달라고
채워지지 않은 바람은
흔들림의 입술로
계속 유혹한다

바람은 잠잠해지고
커튼은 바람을
살포시 안고 바람의 열기를
식혀준다
바람이 불던 창가
커튼 위
작은 이슬 한 방울

그건
바람의 촉촉한 눈물이었나

노을빛 소나타

빨간 입술을 보여 주기 수줍어서 산등성이
사이에 연무와 같이 걸려있구나
어둠이 너의 친구건만
지평선 아래로 들어가길 망설이는
너는 애당초 노을로 태어난 걸 원망하는 건 아닌지

터질 듯한 홍시마냥
불긋하여 불꽃이 되어 터질듯하구나
너의 고운 자태에 반한
기러기들이
붉은 치마폭 사이로
몸을 숨기는 하늘

어둠은 너의 붉은 치마를 걷어내고
검은 천을 하늘 높이 드리우지만
너의 빨간 입술과 불꽃 같은
자태는 어둠을 살포시 안고
달래가며 살아가고 있구나

층간 소음

다다닥 쿵, 철커덩 쾅쾅
쿵쿵

어김없이 밤만 되면
공사장 시멘트 가루를
빚는 듯한 가시 돋친 소음들
시간 속
물결들이 요동치는
고요한 밤에
윗집의 불필요한 소음들

내 마음속 한구석에는
비릿한 생선 냄새처럼
불쾌하고 거슬린다

층간소음의 주범을 잡아
오늘은 기필코 따져 묻고
대책을 세워야겠다

보행기와 흰 지팡이 하나
폐지들과 헌 옷 상자들을
헤집고 주범의 집의 벨을 누른다

조금 전까지 내던
층간소음을 반복하며
내가 서 있는 구릿빛 현관문을
한동안 열기를 망설이는 듯하다

마침내 열린 문
자욱한 안개 속 구름을
걸어가듯
어떤 상황이 펼쳐질지...

주인이 문을 연다
긴 머리에 집에서도
선글라스를 낀 도회적인 분위기
그저 기가 찰 뿐이다

잠시 후 난 그녀가 세상의 빛을
볼 수 없는 분이라는 것을 알았다
현관문 앞에 놓인
하얀 지팡이가 더욱 반짝인다

층간 소음은
그 여자의 살고 싶은 삶의 몸부림이자
지친 삶을 살아보려는 굳은 의지의 소리인데
난 그저 고통스러운 층간소음으로만
생각했다

세상은 내가 듣기 싫은 소음이
열심히 삶을 살아가는 누군가 희망의
소리라는 사실에 부끄러워진다

충간소음

때로는 아름다운 삶의 소리이다

가장자리

둘레길 모퉁이 가장자리 한 곳
하얀 구름이 흰 쟁반 되어
금강봄맞이꽃 한 줌을 만들고
높은 산 바위틈에 숨어
아무에게도 귀염을 받을 수 없는
외진 응달

햇빛은 싸리 눈이 되어
흰 꽃에 노란 박음질을 수놓고
기다림의 장대는 한없이
길어져 흔들림의 줄기를 만든다

밤마다 별 바람맞은 잎은
푸른 향기를 흩날리고
긴 능선 꽃방석은
뜨개질 되어
내 마음 가장자리에 수를 놓는다

우리가 태어난 이유

눈은 밟히려고 태어난 것이
아니라 내리려고 태어났고
눈사람은 녹으려고 태어난 것이 아니라
눈을 뭉친 사람의 온기를 느끼려고 태어났다

물고기는 강태공에게 잡히려고
태어난 것이 아니라
아름다운 강물 속 풍경을 두 눈에
담으려고 태어났고

해는 내리쬐려고 태어난 것이 아니라
바람과 구름을 만들려고 태어났다

우물은 물속 깊이를 재려고
태어난 것이 아니라
달과 별을 담아 나그네에게
풍류를 가르치려 태어났다

우리가 태어난 이유는
이유 없이 태어난 것이 아니라

태어난 이유를 만들어가기 위해
태어난 것이다

종이꽃

너는 오늘도
역설적인 반란을 꿈꾸고 있구나
향기도 없으면서 아름다움을
간직한 네가
완벽한 향기까지
가졌더라면 난 얼마나 부담스러웠을까?

향기를 잃었다고 슬퍼하지는 마
꽃이 된 너에게 내가 좋아하는
블라스크 향수를 뿌려 너를
진정한 꽃으로 만들어줄게
줄기가 없다고 슬퍼하지는 마
내 손이 너의 꽃받침이 되고
줄기가 되어 네가 꽃이라는 것을
보여줄게

창가 모퉁이에 심어질 수 없다고

슬퍼하지는 마

내 가슴 깊은 곳에 심어
그리움의 맑은 물을 줄 테니깐

종이꽃도 진정한 꽃이었다

우주를 품은 그대

하트 성운의 붉은빛은
지나간 사랑에 대한 추억

북아메리카 성운은
콜럼버스가 찾던 사랑의 신대륙

페르세우스 유성우는
그리운 이에 대한 별빛 눈물

장미 성운은
줄기를 만들어 선물하고픈
그대 생일 꽃

안드로메다 은하는
당신과 떠나고 싶은 미지의 세계

버블성운은 놀이공원에서
함께 불던 비누 풍선

플레이아데스 성단은
푸른 커튼을 드리운 우리 둘의 침실

바람개비 은하가
눈부신 당신을 태우는
회전목마가 된다

흐린 날 오후

햇살이 보기 힘든 오후
광합성을 하던 푸른 잎사귀도 쉬고
황톳빛 강물도 따가운 햇볕을 피해간다

초여름 뜨거운 햇살을 투명하게 날던
잠자리도 모처럼 휴가를 받고
아이스크림 팔던 김씨 아저씨도 쉴 수 있다

구름은 이내 검은 찻잔의 커피가 되어
앉아있던 나무들의 뿌리들을 깨우고
괜찮던 곤줄박이의 예쁜 털을 적신다

흐린 날은 빨간 우체통 입속에 흰 봉투도 가득하고
아주 오래전 지난 기억들도 깨우는 마법을 가졌다

바쁜 고속도로 속에서
휴게소가 되어 모든 이들을
시인으로 만든다

봄의 향연

연분홍 저고리 입고
흰 고깔모자 쓰고
바람에 노랑 비단이
옷매무시를 가다듬는다
.커피잔 속에 탁한
겨울 흔적들은
쪽빛 하늘로 날아가 버리고
땅속 깊이 숨어 있던
녹색 새싹들이 봄의 향연에
초대를 받는다
바람, 햇빛, 꽃잎들이
어우러져 봄의 잔칫집에
거하게 한 상 차려 놓고는
어느덧 불청객 여름이란 손님이
잔칫집에 훼방을 놓는다.

독자의 공간

좋아하는 시를 필사해 보세요.

2부

길
상
사

길상사

풍경소리가 백석의 발걸음 되어
눈 발자국 되던 오후
향불은 자야의 심장을 밝히고
고목 향나무는 둘에 추억을
묵묵히 지켜본다

길상사 늙은 돌은 낡은 사진이 되어
앨범 속에 흩날리고
애틋한 붉은 한 송이 상사화가
붉은 눈물을 뚝뚝 흘린다

처마 끝 걸린 구름은
백석의 혼을 잠시 걸쳐 놓고
자야의 향내는 절간을 가득 채운다

천억 원을 줘도 백석이랑 안 바꾸겠다던
자야는 간데없고

천개의 영혼이 붉은 상사화가 되어
꽃망울을 터뜨린다
어느덧 돌탑은 노을에 걸려
백석이 떠난 자리를 가리키고

이내 붉은 상사화 한 잎이 떨어진다

깊은 강물 속에서

얼어붙은 깊은 강물 속
잉어 한 마리가
목적지 없이 날아다니는
잠자리 마냥 허우적거린다.

털이 없는데
춥지 않니?
따뜻한 강물이 아닌데
정말 괜찮니?

세월의 흐름을
비늘에 담고
흐르는 물줄기에
흔적도 없는 길을 가고 있구나
감을 줄도 모르는 눈은
짧디짧은 잉어의 삶을
잊기 싫었던 것은 아닌지

따뜻한 물속도 아니고
온몸에 털도 없는
갈 곳 없는 너이지만

깊은 강물 속에서의
울컥거리는 네 삶의 미련들이
어쩌면, 네 삶의 전부일지도 몰라.

태백 예찬

우윳빛 별빛이 가득하고
잔잔한 시냇물과
내 어린 시절 맡던 바람 냄새가 가득한 곳
겨울에 꽁꽁 언 땅을 헤집고
땅속의 지열을 느끼고자 했던 무모함 속에
귀여운 내가 있던 곳
새를 쫓아 가파른 언덕길에 피어있던 분홍색 꽃과 만나고
잠자리와 달리기 경주를 하던 그곳
길쭉한 구상나무가 가득하고 시원한 숭늉 한 사발에도
행복할 수 있는 그곳
엄마가 풀어 놓은 하얀 젖 가슴살처럼
언제나 파묻히고 싶은 포근한 요람
그곳은 내 삶의 빅뱅이 시작된 점

가로등

가로등이 고개를 떨구며
울고 있네요.
무엇이 그리 슬픈지
차디찬 도시의 아스팔트를
보면서 울고 있네요.
지나가는 빗물이 가로등의
눈물이 되어 하염없이
내리네요.
가로등은 알고 있을까요?
회색빛 도시에
수많은 사람이
울고 있다는 것을
고개를 떨군 가로등의
모습을 보고
어느덧 나도 눈물 한 움큼을
흘려버리고 집으로 돌아갑니다.

동백꽃 푸른 섬

넌 지금도 푸른 섬에 잘살고 있겠지
동백꽃이 나의 유골에 흩뿌려지고
산기슭 어둠 속에 내 동포들에게
짓밟힌 내 영혼

1948년 4월 3일은 미역국 한 사발에
간장 한 종지를 받는 날이 아니라
빛바랜 칼자루에 내 심장 동백꽃으로
물든 날이 되어 버렸구나

좌우 이념이 누룽지 죽만큼도 나에게
중요하진 않았건만
내 희생이 있어야 민주주의가 완성된다는 억지 주장들

파도 수평선에 내 모습을 투영하고

동백꽃 속에 영혼을 담아

억울하고 실감 나지 않는 슬픔을 띄워 보낸다

불타는 석양의 아름다운 노을처럼

보고 싶은 역사의 후손들아

나처럼 억울한 죽음을 만들지 마라

4월 3일 날에는

너희들이 마시다 남은 소주라도

월정리 앞바다에 한가득 뿌려다오

독자의 시

제목:

지은이:

기억의 교차점

흐르는 물속에 잠영하는
저 물고기는
다시 볼 수 없는 물길의
흔들림을 기억하고 있는지

추억이 쌓인 밑바닥
모래 덤이 언덕
용해된 산소 한 줌 마시고
영롱한 방울을 수면 위로 뿜어 올린다

어디쯤 가고 있는 줄도
모르는 물고기는
흐르는 강물의 물줄기가
되어 흔들린다.

사계(四季)

봄바람도 들어 있다
태풍의 휘모리장단도 있다
가을바람도 있다.

너와 내가 걷던 쌀쌀한
겨울 찬바람도 있다.

계절의 바람을
흉내를 낼 뿐

사계절이
손바닥 안에 있다

무게에 대한 미안함

제주도의 어느 목장

가족들을 태우기 위해 대기한 말들
왜 이렇게 미안할까
망연자실한 모습으로 날 바라본다
초점 없는 눈망울이 햇빛 속에 내리는
서글픈 소나기가 된다
굽은 허리와 다리는 너 자신의 삶이
녹록하지 않다는 것을 보여준다
나의 지방이 너의 삶에 대한 무게를
더 할 줄 알았다면
당근이나 주며
네가 살아가는 이야기나 듣고 있을 것을

너에게

보고 싶다

보고 싶다

나만 생각했던 푸른 눈망울

그립다

그립다

우산을 살포시 내 쪽으로 밀던 너의 손짓

태어나 처음 먹던 돈가스 수프에

떨면서 후춧가루를 뿌려주던

너의 손짓

걷던 걸음을 나랑 맞추려고

발만 보고만 걷던 너의 모습

그런 순수한 여자 친구는

내 생애 다시는 만날 수 없겠지

계단

올라가는 삶도 보고 내려가는 삶도 보고
진실한 표정으로 갈 수밖에 없는 곳
두 칸씩 올라가는 사람
한 칸씩 응시하며 올라가는 사람
잠시 인생을 돌아보기도 하고
심장의 박동을 스스로 느끼며
늙어가는 걸음걸이도 본다
잠시나마 자신을 돌아보는 짧은 쉼표가 된다

셔틀콕의 비애

하얀 날개를 품고 하늘로 날아가려는 추임새
창공을 날아가는 새의 몸짓
서로 갖지 않으려는 사각 라인 그물망 너머로
패대기쳐지며 너의 몸짓은
인간의 힘 에너지를 받은 셔틀콕은 자신의 뜻과 상관없이
창공을 떠다닌다
하늘을 날지만 결코, 나는 것이 아니다
이름 모를 새의 꿈이 담긴 깃털이었건만
상처투성인 너를 코르크가 위로한다
너 자신을 떠나 보내달라고......

목동이고 싶어라

목동이 되고 싶어라
푸른 밤 출렁이는 별 파도 속에
지팡이로 휘휘 저어 커피를 내리고

들판 가득 양 떼들과
숨바꼭질을 하며 깔깔대는
목동이 되고 싶어라

세상에 피어 있는
온갖 꽃들의 향기를 맡기 위함이기도 하겠지만
내가 목동이 되고 싶은 가장 큰 이유는

밀크티를 좋아하는 너를 만나
프랑스의 시골 언덕 하늘 아래서
밤새도록 별 이야기를 하고 싶어서겠지

설렘

해 질 녘 비친 당신의 긴 그림자가
내 곁으로 다가오는 순간

아스팔트의 뜨거운 열기를 헤집고 걸어와
당신의 예쁜 이마에 맺힌 영롱한 이슬방울이
맺혀있는 순간

하얀 목에 반짝이는 목걸이가 햇빛에 반사되어
당신의 눈동자와 겹쳐지는 순간
먼발치서 하얀 건반 위에 작은 팔 춤사위를 하며
악보를 흠칫 보는 당신의 옆모습을 보는 순간
한 잔의 소주에 붉게 변한 얼굴이
연지곤지처럼 확 번지고
인생을 투덜거리는 가여운 순간

뜨거움을 안고 있는 당신은
파동의 주파수를 가지고 있다

되돌림

반짝이는 공허한 메아리는
욕심 찬 야욕의 거친 시간을 내친다
안을 수 없는 흐린 안개의 기억
지평선 넘어 가 버린 수송선의 지느러미는
드리울 수 없는 바람
울리지 않는 벽시계의 고요함

어색함이 되어 눈꽃 되는 시간을 떠난 이유가
싫음의 식상을 몰아내고
처음부터 잔가지에 내린 눈처럼
몹시 그리운 오후
너와 나만 돌릴 수 있는
태엽의 손잡이

품고 있다

포도는 여름의 초록 푸르름을
품고 있고 참외는 넓은 들판에
푸르름을 더해서 하얀 속살을
품고 있다

호박은 노란색을 품고 있고
바나나도 노란색을 품고 있다

수박은 분홍빛을 품고 있고
바다는 푸른빛을 품고 있다

밤하늘은 별과 달을 품고 있고
꽃들은 자신들의 씨앗을 품고 있다

겉과 다른 색깔로 세상을 품고 있어도
누구도 겉 다르고 속 다르다고
아무도 뭐라고 하지 않는다

누구나 사랑한 사람을 떠나보낸 기억이 있다

계절에는 그 계절의 바람이 있다 슬픔에 따라 흘러내리는
눈물의 양도 다르다 안개속에서 본 그림자는 유리벽 사이에
울려 퍼지는 코카서스 인종인 집시의 슬픈 반도네온이다
대륙의 다시 오지 않는 이민선처럼 뱃머리 가득 안개를
드리우고 달린다
고독도 모르는 사람이 마시는 독한 보드카의
진한 향기처럼 누구나 사랑한 사람을 떠나보낸
기억이 있다
슬픔은 안개가 아니었다 그림자도 아니었다
구슬피 우는 슬픈 딱따구리가 나무를 쪼는 소리도 아니다
소리 없이 두 손을 살포시 포개던 너와 나의 열은 미소의
슬픈 이별의 모습이었다
바람이 분다고 바람이 있는 것은 아니다 나뭇가지가'
흔들리기에 바람이 있다는 사실을 눈치를 챌 뿐이다
먹다 남은 커피향이 향기가 진하다는 사실을
화가들은 안다 누구나 떠나보냈던 슬픈 기억이 있어서

누구나 사랑한 사람을 떠나보낸 기억이 있다

구래동 호수 공원에서

어제 가 본 호수공원에는 반달이 담겨 있었다
주취자가 남긴 막걸리 통은 호수공원의 물을
담아갈 기세다 주차장에 날리는 낙엽의 구르는
소리는 런던의 동쪽 끝을 향하여 달려 나가고

어스름한 저녁놀 사이에 갈색 졸참나무 마른 잎의
흐느낌은 호수공원의 스산함을 아주 멀지 않게
쓸어 담는다

조각보에 담고 싶은 초승달의 노란빛은 달콤한 키스를
기억하는 가르시아 마르케스의 소설 주인공이 되어
내리쬔다 서글픈 언덕의 주인공이 깨달은 사랑처럼
빛은 빛이 있을 때 가치를 모른다 어둠 속에서 빛은
자기 과시의 욕망을 발산하다

호수공원의 반영은 푸른 파도가 그리워 출렁거리는
어느 대서양의 돌고래를 생각하게 한다
파도가 높아 고여있는 호수공원은 너와 내가 대서양의
그리움의 파도를 담아 놓은 저수지가 된다

3부
너울
그리움의

그리움의 너울

그립다
그리고 또 그립다
그리움이 그리움을 불러오고
보고 싶음은 애틋한 풀꽃 내음을 몰고
내 코끝으로 스며드네

뒷자락이라도 볼 수 있으면 좋으련만
그리움에 파도는 썰물처럼 밀려가고
슬픈 파도는 그리움의 너울을 만들고
요란한 파도의 부딪힘은
그리움의 고뇌를 깨우고 있네
그리움은 그리워 찾아오는 별빛 나그네처럼
초가집 지붕에 조롱박처럼 달빛을 담아
그리움의 장막을 한없이 드리운다

당신은 별이고 난 한 줄기 시랍니다

별이 은하수를 타고 당신의 두 눈에
들어가면 한 편에 시를 씁니다
담쟁이덩굴이 자신의 주어진 벽을
사랑하듯 하염없이 당신을 타고 휘젓습니다

당신을 생각하면 시가 나오고
당신을 그리면 시상이 온몸에 전율을 느끼고
춥지 않은 겨울에 피는 들풀처럼
적당한 온도에 피는 꽃이 아닌

맞춰진 온도, 시각, 바람의 울음을
양분 삼아 희망의 꽃을 피웁니다
밤늦게 도착하는 나그네 별빛처럼
황홀과 경의에 찬 마음으로
당신을 그리며, 수많은 시를 되새겨 봅니다.

판타스틱

불꽃과 무지개가
빙글빙글 도는 판타스틱 축제

뭉게뭉게 피어오르는 구름이
번개가 되고
검은 선글라스를 껴도 반짝이는
너의 두 눈은 축제의 시작을 알리는
판타스틱

굽은 요술 지팡이는
고운 손을 감싸고

치켜세운 굽 높은 구두는
사랑하는 마음의 키를
높이려는 어울림

판타스틱 축제
그건 너와 나만이 열어보는
커튼 속 축제

낙엽 속 본질

떨어지는 것들에는 의미가 있다
자신의 모태(母胎)를 보호하기 위한 몸부림

자신을 떨어뜨린 낙엽은
모든 이들의 붉은빛 카펫이 된다

노을을 가득 안은 낙엽은
붉은빛을 가득 품고

밤이 되면
바람의 부름에
또 다른 여정(旅情)을 준비한다.

구르고 굴러
찬바람의 그림자 되어
안개의 차디찬 슬픔을 견딘 너

창공의 불긋한 석양처럼
가을빛과 너를 잊지 않으련다.

내 마음 달빛 되어

달빛이 채색되어
어둠이 내리던 보름날 밤
달빛의 향기를 가득 안고
저 멀리서 걸어오는 당신의 그림자

늦은 오후에 저녁놀처럼
불긋한 차림은 슬픈 달빛을
몰고 오는 전주곡이었나
혼자 남겨진 두려운
머물 수 없는 시간

흩날리는 달빛의 채색들은
흐느껴 우는 새끼 물새의
고독함을 그리워하네

그대의 그림자는 달빛의
향기를 가득 품고
슬픈 넋두리의 공간을 만든다

게으름에 대한 행복

굼벵이처럼 양말을 벗어 놓아도 좋다
온종일 등에 접착제가 붙어 있어
방바닥과 하나가 되어 있어도 좋다

골치가 아픈 보고서를 쓰지 않아도
머리를 감지 않고 양치질을 하지 않아도 좋다
전단지에 있는 여덟 개의 전화번호만
눌러도 밥이며 치킨이 튀어나오는 신기한
경험을 해도 좋다

바다를 보고 싶은 마음에
유튜브에서 나오는 파도 소리를 마음껏 즐겨도 좋다
하늘에는 게으른 나를 향해
습도를 맞춰주려고 비를 한 바가지를 준비하고 있다
게으름을 통해 내가 살아가고 있는 삶에 대한
철학적인 의미를 생각한다
게으름 신은 정말 아름답고 매혹적이었다

등대

바다 위에 불빛 잔상이 너울거린다
머물 수 없는 기억의 마음은 울렁거리는 너울이 되어
해변으로 밀려가고 힘겨운 내 그림자는 등댓불에 비쳐
먼바다를 향해 뻗어 나가고 회전하는 등대의 불기둥은
공허함과 애달픈 마음의 회전목마가 된다
등대 불빛이 내 마음을 싣고 그대가 있는 곳까지
갈 수만 있다면, 난 등대지기로 한 생을 살다가 갈 텐데

바다와 당신

빛이 푸르게 산란하는 바다는
널 그리워하는 빛

출렁이는 파도는
널 애타게 기다리는 심장의 요동

바다 위를 날고 있는 갈매기들은
너의 향기를 찾아 날아다니고

어둠이 내린 밤바다에 영롱하게
비추는 노란 달빛에
너의 얼굴이 투영된다

그립고 또 그리운 바다의 고요함은
너와 입맞춤에 대한 전조
뜨겁게 타는 바다 위 태양은
널 못 잊는 나의 열정
온통 바다에는 너만 살고 있었다.

코골이

기차가 들어있다
오토바이도 들어있다
야심한 밤에 때론 굴착 작업을 한다

작은 두 개의 구멍 속에는
밤마다 신비한 도시 문명이 숨 쉬고 있다

장음과 단음이 교차하고
때로는 공습경보가 울려 퍼질 때도 있다
낮에는 구멍 속 도시가 조용한데
밤만 되면 들리는 문명의 이기적인 소리

구멍 속 소음을 걷어내고 싶다
날이 새면 구멍 속 세계는 조용해지고
문명의 이기를 만든 이는
자신의 도시 문명을 강하게 부정한다

땅속의 전율

보드라운 땅속에는
무엇인가 들어있다
봄에는 나무줄기에 온기를
불어 새싹들이 봉긋하게
올라오게 하고

여름이 되면 초록 물감을
대지에 풀어
뿌리 빨대로 잎들을 초록으로
바꿔버린다

가을이 되면 땅속 깊은 곳에
열매를 만들고 줄기로
올려보낸다

겨울이 되면 눈을 이불 삼아
봄에 새싹을 품는 땅은
어머니의 따뜻한 품속이 된다

그대가 떠난 날

그날은 별빛이 소낙비처럼 내렸다
은하수 구름에 달빛 폭풍
해 질 녘 노을은 붉은 멍울이 되어
내 가슴 속에 파묻혔다

성난 파도의 요란함과
별빛의 소낙비는
그대가 떠난 자리에 패이고
울림 없는 기적소리는
허공의 향해 달리는
지구의 자전축

분홍스카프를 두른
정열적인 그대의 모습은
보이지 않고
별빛 소나기에
매몰된 나를 돌아본다

아이들아

잔잔한 개울가에 두 아이
조약돌 튀기며 자연을 음미하네
창공 높이 떠 있는
곤줄박이 한 마리가
환영하는 오후

투명한 물속에
차가움은
엄마 배 속의 양수

노란 들꽃은 너희들을 반기는 축복의 몸짓
작은 조약돌을 만지작거리며
태동을 맥을 짚어본다
자연의 일부가 된 아이들
너희들이 자연이구나

날갯짓

이제 날갯짓은 부질없다
부질없는 날개의 헤어짐은
못다 한 우리의 이야기를 만들고

자욱한 어떤 안개는
공간 속 그림자를 만든다

날아가자
날아가자
꿈꾸었던 허공 속으로
굽은 강물 끝으로 가면
꿈꾸었던
그 시절 그 공간을 만날 수 있을까

허무한 날갯짓은
태풍 속 제자리걸음을 만들고
의기양양했던 회상의 그림자는
희뿌연 산 고개를 넘어가는구나

중년 즈음

파도가 밀려온 세월만큼
바위에 매달리려 한 따개비처럼
무심히 울렁대는 물살을 이기려 한 삶

가당치 않은 단풍잎처럼
바람에 맴돌 듯 흘러간 세월

꿈은 무지개 되어 따사로운
햇빛으로 머물고
어설픈 웃음이 입가에 맴도는
오후에 빨간 단풍잎 되어 날아가네

흐르는 물살은
역행하는 그림자가 되어
그리운 나를 만들고
조용한 마음은
비 오는 보슬비 되어
세월을 적신다

항생제의 추억

홍염이 분출하듯
뜨거운 내 몸에
작은 알약 하나가 들어온다

핏속으로 퍼져 나가는
항생제의 울림에
이윽고 혈관에서는
열기를 쏟아붓는다

터질 듯한 심장의 용트림은
심방과 심실 사이에
경계를 무너뜨리고
혈관 속에 녹은 항생제 알약
뜨거운 내 몸을 진정시킨다
홍염 속의 뜨거움을
 이마의 영롱한 이슬로 만들고
혈관 속으로 녹아든다

가면무도회

하얀 양복을 입고 큰 왕관을 쓰고
권력 같지도 않은 권력에 매몰되어
인권을 유린하는 가면무도회장
점잖은 척, 도도한 척, 가면에 색동 칠을 하고
오늘도 세상 사람들을 유린하는 가면무도회
태양 빛이 강하면 형체를 볼 수 없듯
허수아비의 실체가 드러날까
더 외롭고 좁은 길에 가면을 쓴 허수아비를 세워 놓는다
이 세상에는 잘난 사람도 못난 사람도 없다
단지 그 기준을 만드는 것은
권력이란 가면을 탐하는 이들
노을 물든 가을 하늘 아래
추수하는 농부의 진심 어린 마음처럼
이제 우리네 인생들도 가면을 던져 버리고
맑은 개울물에 발을 담가 보자

고정 관념

커피는 커피잔에 마셔야 하고
왼쪽 신발과 오른쪽 신발은
같은 디자인으로 만들어져야 하고
긴 팔과 짧은 팔은
티셔츠에 같이 있을 수 없으며
젓가락의 길이는 같아야 한다.

고정관념은 머릿속 눈물이다

[시인의 생각]

고정 관념은 창의성을 부정한다
당신에게 일상 속, 고정관념은 얼마나 많은가

4부

뜨락에서
가득한
별빛이

그 시절 그곳으로

눈은 가까이 있는 눈썹을 볼 수 없듯
중천에 떠 있는 태양 때문에
보고 싶은 그림자조차 볼 수가 없네요
흩날리는 꽃잎은 그리운 바람 되어
당신이 있는 하늘 위로 떨어지고
있는 듯 없고 없는 듯 있는 당신은
날아가는 새들의 날갯짓 마냥
흔적도 없이 허공 속, 그리움만 가득 남기고 떠나갔네요
분침과 시침이 한 시간마다
꼭 만나는 운명을 가지듯
우리의 만남도 그랬으면 좋겠습니다.

별빛이 가득한 뜨락에서

한 줌의 별빛이 떨어지면
귓가에 맴도는 별빛 파도가
스스로 가능한 땅을 만들고

한 줌의 달빛이 떨어지면
노란 꽃으로 움터
내 발자국을 실어 자국을 남기고

달빛의 숨소리를 듣던 별빛은
자신의 푸른 볼을
노란 볼 위로 비벼대고는

극지 상공 속 오로라가 되어
별빛을 뜨락에 흐트러지게 뿌려 놓는다.

별빛과 달빛이 가득한 밤에
푸르고 노란 발자국이
살포시 너를 지평선의 품으로 돌려보낸다

스치듯 넘치는 그리움

별빛이 스친다
달빛도 스친다
바람도 스치고
그 사람의 향기도 스친다

강물도 넘친다
사랑도 넘친다
그리움도 넘친다
보고 싶음도 넘친다
골디락스 행성을 찾아가고 싶다
가슴속 한가득 열정을 심어
그 행성으로 가고 싶다

태양이 뜨면 달빛이 보이지 않듯
구름이 걷히면 여우비가 내리지 않듯
침묵은 보고 싶음을 달래는 최후의 수단

* 골디락스 행성: 생명체가 살 수 있는 행성

꽃망울

터질 듯한 너의 자태는
배냇저고리에 쌓여
수줍게 웃고 있구나

초록빛에 분홍 물감 타 놓고
예쁜 꽃을 숨긴 너는
홍염의 뜨거움을 반기며
진정한 불꽃이 되겠지

푸른 하늘에 꽃이 되어
한 줌 구름과 한 줌 비를 담아
먼 훗날 초록빛 푸르름도 담겠지

영원히 붙잡고 싶은
어색한 시공간의 빛들을 가둬
수많은 나날들을 기억 속 노래로
내 마음 꽃봉오리를 틀어보네

연꽃

연꽃잎 위에 구슬방울 세 알
진흙 속 묻힌 꽃대가 힘겨워하는 오후
고여있는 연못 속에 홀씨가 묻혀
연꽃은 그 자리를 지킨다

노을빛 붉은빛이 연못에 잠기면
새색시의 연지곤지 되어 연꽃은
붉게 물든 구름을 새신랑으로 맞는다

구름은 연꽃과 연못 속에 잠시 머물다가 떠나고
연꽃은 이내 꽃망울을 수줍게 접으며
구름이 연못 속에 가득차길 기다린다
연꽃의 삶을 알 수 없는 구름은 서쪽 산등성이에서
한없이 걸려있고 바람의 숨소리에 구름은
흩어진다
진흙은 연꽃의 영혼 되어 작은 구름의 흙을 빚는다

세 겹 쟁반

굵게 패인 주름과
류머티즘에 꺾여있는
고단한 손가락

머리는 헝클어지고
힘든 삶의 무게만큼
쏟아질 듯한 세 겹 쟁반

누군가 맛있게 먹었을
국밥 네 그릇이
유난히
햇빛에 반짝이네

시린 겨울바람을
가르며
휘청거리는
늙은 두 다리

어릴 적 갑자기 흘린
코피의 두려움처럼

내 시선에는 안타깝고
넘어질까 두렵다.

세 겹 쟁반을
받쳐주는 힘은
대리석처럼 단단한
모성애란 돌

잊혀진다는 것은

잊는다는 것
잊혀진다는 것
그리고 잊고 산다는 것

참 괴로운 삶의 고통인 것을
당신의 뜻과 상관없이
세월의 지우개가 당신의 머릿속에
들어가 버렸습니다.

맑은 당신의 두 동공 속에
나와 당신은 추억은
시골길을 달리는 버스 배기가스처럼
흔적도 없이 사라져 버렸고

세상에서 가장 사랑하는
자식을 한없이 맑은 얼굴로
반겨주던 당신의 입가에는
이름 모를 무지갯빛 알약들이
당신의 예쁜 목젖으로 들어갑니다.

이제, 당신은 당신의 모습을
거울을 통해서만 볼 뿐입니다.

잊는다는 것
잊혀진다는 것
그리고 잊고 산다는 것

두 사람 중 한 사람만이라도
기억할 수 있음에 그저 감사할 뿐입니다.

당신과의 추억을 지키기 위해서라도
되새기고 또 되새기겠습니다.

사랑합니다. 나의 어머니

그 자리는 당신의 자리가 아닙니다

'바스락 달그락'
오늘도 당신은
그 자리에 서 있군요

털털 탈탈 휘리릭
빨래를 널고 있는 당신은
오늘도 그 자리에 서 있군요

원하지도 그 누군가가
억지로 있으라고 하지도 않았건만
당신은 그 자리에 서 있군요.

분홍 꼬까옷 입고
꽈배기 머리를 곱게 땋고
비단 치마 팔랑거렸을 당신

아름다운 손짓은 어여쁜
멜로디가 되고
예쁜 입가에서는

자식을 바라보는 옅은 미소가
가득 배여 있습니다.

고슴도치 새끼를 품는 삶으로
오늘도 당신은 묵묵히 그 자리에
서 있습니다.

꿈이 가득했을 당신
그 자리는 당신의 자리가 아닙니다.

눈을 감으면

눈을 감으면
별빛에 실려 너의 눈동자가
보이고

아름다웠던 은하수에서
세수를 하고

오리온자리 삼태성을
미끄럼틀 삼아
놀고 있구나

살포시 눈감으면
손에 잡힐 것만 같은데

눈을 감으면
너의 모습을 마음대로 그릴 수 있고
동화 속으로도
널 보낼 수 있어
참 좋아

바람 소리

바람이 붑니다.
내 마음의 바람이 불어
어색한 서로의 가슴으로
바람이 붑니다.
아쉬움 속에 불어오는
바람 소리가 날카로운 쇳소리가 되어
들려옵니다.
런던의 날씨처럼 떨쳐 버려야 하는
수많은 미련의 안개
후회하지 않는 사랑이었기에
그녀를 위해 기도합니다.
어색한 서로의 가슴을
따뜻하게 만들어 줄
봄바람이 되기를
아쉬웠기에 그리웠었기에
사랑했던 만큼
날카로운 유리병의 상처만큼
아프다는 것을

별 바람 가득한 저녁

하루가 지나고 어둠이 내리면
별빛을 내 방 한가득 담고 싶다

별 바람 살랑살랑 불어와
너의 향기도 같이 실려오면

별 바람 가득 담은
풍선은
내 향기를 담아
하늘로 너에게 날려 보내고 싶구나

별 바람맞은 풍선은
작은 공간에 별빛과 너의 향기를
가득 담아서 온 우주로 퍼져 나간다

괜찮던 별 하나
풍선으로 떨어지면
별 바람 가득한 풍선 속에
네가 머물다간 흔적을 주워 담는다

볼

따스한 볼 줄기
비벼도 변하지 않는
사슴의 눈동자
눈 쌓인 시골길을
덜컹거리며 버스는 달리고
내 볼에 기댄 당신의 볼은
따뜻함이 가득하다

세상 떠난 차가운
몸의 여운은
더 다가올 수 없는
아픈 그림자가 되어
언덕 귀퉁이에 서 있다.

볼의 따스함은
태양의 홍염의
떨림 되어
세월의 흐름을
슬픔으로 역행한다.

별여행자

지구의 행성은 푸른 우주선이다
내 마음을 빗장을 열고
수많은 밤들과 새벽 별들을 마주하며
내 육체를 깎은 영혼의 모습을 우리 은하의 중심을
향해서 달려 나간다
태양계 안에서 당신의 영혼을 달랠 수만 있다면
얼마든지 광속의 빛으로 달려가겠지만 그리움의 입속에
잔존해 있는 허공의 빛은 차가운 공기를 가른다
무한한 언어로 달과 별을 쓰는 시인은
어금니가 흔들릴 정도의 고통으로 별을 보며 글을 쓴다
우주의 창조자는 유리 벽 사이에 빛을 투영시키지만
그만 빛과 벽 사이에서 멈칫거리고 만다
정거장에서 잠깐 쉬다가는 별여행자는 우주에서 우리가
멈추는 것은 몰상식한 행위라는 사실을 알고 있다
여보시오
인생이 별게 아니라는 어머니의 말씀처럼
지구의 우주선을 타고 우리은하의 중심을 여행하는
우리는 단지 별여행자일 뿐이다

겨울 나무

겨울나무는 짙은 파란 하늘을
앙상한 가지로 마구 찔러
한 움큼의 눈가루를 만든다
그렇게 눈을 만든다

겨울나무에는 우리 외할매 마음이 걸려있다
한 귀퉁이 남은 열매 하나도 길 잃은
새한테 내어주는 마음
그렇게 외할매 마음이 걸려 있다

겨울나무에는 젊은 엄마 그림자가 걸려있다
해 질 녘 나무의 그림자는
헝클어진 긴 머리의 젊은 울엄마의 머리카락이 담겨있다
그렇게 젊음 엄마의 추억의 그림자가 다가왔다
오늘도 겨울나무에는 그리움이 가지마다 가득하다

*외할매: 외할머니의 방언 (강원도, 경상도)

소통

나비는 붉은 명자꽃과
향기와 빛깔로 소통하고

사람들은 맑고 고운
소리의 파동으로 소통한다

바람은 꽃을 깨워 씨앗을
사모하는 마음으로 소통하고

별은 밤하늘 별 가루가 되어
추억의 시간으로 우리들과 소통한다

아기는 방긋 웃는 엄마의 눈을 보며 소통하고
엄마는 아기의 숨결로 소통한다

소통은 기다림의 씨앗이고
관계의 열매이다

누이의 꽃신

어릴 적 똘망 똘망한 우리 누이
내 머리 빗겨주고 해진 바지도 꿰매 준 누이

여리고 착한 정 많은 세월의
온기는 늘 한가득하지만
차디찬 동전의 촉감만큼 물질의 소외감에 힘겨워하는 누이

고운 손은 어느새 굵은 굳은살들이
한가득 자리 잡고 엄마를 대신했던 수많은 시간의 기억
개울가에 맴도는 단풍잎처럼 생기 마른 모습이 되었구려

힘겨운 세상사에 깨지고 깨져도
여리고 어리석게 착하게만 살아간다고
삶의 보상은 없겠지만 누이는 항상 웃고 살아가고 있구려

내가 사랑하는 누이여
이제 꽃신을 신고 걸어보시구려

울림

휘젓는 기억의 울림
외면하는 오선지 악보는
활의 슬픈 영혼을 깨우고

순간의 박자는 내 곁에 있는
소중한 시간의 미소

박자의 흔들림은
창가의 자장가의 울림 되어
감싸 안은 육신의 포근함

통 속의 고독한 진동들
가는 줄에 떨림
한가득 입맞춤에
하늘 위
무지개를 만들고

음률의 창조자는
천지창조로 세상을 깨운다

창가에 내리는 비

짙어져 간 장벽의 그리움은
비가 되었네요

주춤 되는 날개 젖은 후투티 한 마리
창가 모서리에 앉아
날개를 닦고 있구려

거슬러 간 하룻밤의 꿈
굵은 빗줄기는 모진 달빛을 잡고
별빛까지 집어삼키고 있소

번진 노을을 그리워하는
낯선 숨소리는
분열되어 그대 곁으로 갑니다.

어설픈 재회

노란 그림자 밟으며
파란 입술로 다가왔나

붉은 볼 줄기에 드린
맑은 눈물

행복을 거슬러 간
역류한 세월의 흐름처럼

마주 잡은 파란 정맥의
흐름은 너를 생각한

수많은 시간의 흐름
두 얼굴을 마주 대고 비벼도

우리 두 그림자는 구름 빛에
가려졌네

운석

정처 없이 궤도를 돌고 돌아
이정표도 없는 굴곡진 삶

떠돌다 떠돌다
지친 기억을 두고
너 자신을 던진다

크고 거대한 몸집은
지구의 대기를 만나
흔적도 없이 사라지고

우주에 태어나고 자란 너이지만
우연히 지구에서 장례식을 치른다.
목성과 화성을 돌던
거만했던 너의 모습은 간데없고
작고 검게 그을린 너는
지구의 텁텁한 공기에 힘들어한다

5부

시인들의 말

[시인들의 말]

문운경 [시인]

김환철 시인으로부터 시집을 출판한다는 반가운 소식을 전해 듣고 '월간 문학세계' 시인 등단 동기로서, 축하 인사를 드리기 위해 즐거운 마음으로 펜을 들었다. 하지만 막상 시평과 축하 말씀을 전하려고 하니 눈앞이 막막하고 망설여진다.

김시인의 경우는 고교 시절부터 오랫동안 시 공부를 꾸준히 해오다가 사회생활을 통해 시가 더욱 성숙 되어진 시를 쓰고 계신다. 어릴 때 꿈이 시에 고스란히 반영되어 있고, 특히 천문사진 작가로서 활동하면서 우주공간의 천체를 바라보면서 일반적인들이 바라보는 눈빛이 아니라, 태양계를 벗어난 먼 우주 공간속의 수많은 은하계의 깊숙한 내면의 세계를 바라보는 깊은 성찰의 눈빛이 시세계 곳곳에 펼쳐져 있다. 사물의 내면이 표현하자고 하는 것이 수채화 및 정물화처럼 상세히 표현되고 있다.

우주 공간의 여유를 모든 시에 여유로운 공간을 만들어주고 있어 시를 쓴 사람이나 읽어보는 독자들이 휴식의 공간처럼 편하게 시를 접할 수 있는 작가의 역량이 돋보인다.

김현숙　　[시인, 아동문학가]

김환철 시인님은 아직 문단에서는 젊은 나이다. 그러나 젊은 나이에 걸맞지 않은 연륜과 깊이가 시를 통해 드러난다.

가슴 절절한 사연이 읽는 이로 공감을 주어 아픔을 승화되게 한다. 또한 눈이 부실 정도의 맑은 영혼과 인생을 노래하고 자연을 보듬고 있어 시를 읽는 사람으로 하여금 그 시어 속에 같이 묻히게 하는 포근함의 묘약이 느껴진다. 시인으로 시간적이고 공간적인 생활환경이 더 영롱한 시를 만들게 하지 않을까 생각하며 부단히 노력하여 많은 기쁨과 안식을 주는 김환철 시인님이 자랑스럽다.

앞으로 삶에 찌든 많은 영혼들에게 주옥과 같은 시로 용기와 희망을 줄 것을 기대한다. 다시 한번 시집 발간을 축하드립니다.

김 전 [시인, 문학평론가]

오늘날 시인들의 수는 별처럼 많다고 한다. 많은 시인들이 많은 시를 쏟아내고 있다. 그러나 감동을 주는 시는 찾아보기 힘든 세상이다. 독자의 마음이 매말라서 그럴까? 아님 작가의 작품에 문제가 있어서일까? 생각해봐야할 때다

시인은 쉼 없이 흘러가는 시간 속에서 존재의 부름에 응답해야한다 물질적 욕망과 이념의 폭력성이 반복되는 이 시기엔 시인의 임무가 크다 상처를 위무하고 영혼을 일깨워 줄 시가 기다려진다.

김환철 시인의 작품 중에서 [꽃잎 한 장]이란 작품이 있다.

이 작품은 한마디로 깔끔하다. 작가는 사물을 보되 오감으로 봐야 한다. 배추흰나비가 꽃잎에 붙어 있는 모습을 그린 작품이다. 아무렇게나 지나쳐버릴 일이지만 작가는상상력을 발휘하여 시적으로 승화시켰다. 꽃잎이 되고 싶어 하는 나비의 모습을 잘 나타내었다. 감정이입을 통하여 시의 아름다움을 나타내고 있다. 동시로도 손색이 없으며 완성도가높은 작품이다 시인으로써 안목이 매우 넓은 시인이다 감각적 이미지를 최대한 활용하고 있다 다음 작품으로 [설렘]이란시를 살펴보자. 이 작품은 심리적 묘사를 통하여 시적으로 나타내었다 . '

땀방울' , '하얀 목걸이', '춤사위', '붉은 얼굴', '뜨거움', '주파수' 등의 시어로 이루어졌다.

아름다운 모습이 선명하게 떠오른다. 아름다운 여인의 모습을 보는 순간 전율처럼 흐르는 시적자아의 모습을 잘 드러내고 있다 이런 모든 것은 경험에 의한 작품이다.

'이마에 맺힌 영롱한 이슬방울', '당신의 눈동자와 겹쳐지는 순간', '먼발치서 하얀 건반 위에', '파동의 주파수를 가지고 있다.' 등은 시어의 아름다움을 나타내는 요소이다 이 작품은 잔잔한 울림을 주는 작품이다 자신의 내면성을 샅샅이 드러내는 작품이다. 시적 공감대를 이끌 수 있는 작품이다.

앞으로 좋은 작품이 기대할 수 있는 시인이라 감히 말할 수 있다.

별과 함께 떠난 소년

'띠띠 띠띠띵'

새벽에 현관문이 열리는 소리가 나서 자다가 깨어 문 쪽을 보았습니다. 아버지가 큰 천체망원경 가방을 옮기시면서 고양이처럼 살금살금 서재 쪽으로 걸어가고 있었습니다.

"여보, 도대체 몇 신데 지금 들어오는 거예요?"

화가 나서 얼굴이 붉어진 어머니께서 큰소리로 말씀하셨습니다. 나는 그 순간 어머니랑 아버지랑 큰 소리로 말다툼을 하실까 봐 심장이 쿵쾅쿵쾅 뛰었습니다.

"당신은 아이들이랑 놀아주지는 않고 매일 밤에 나가서 별만 보고 다니니 우리 아이들이 당신이랑 추억이 있겠어요?"

아버지는 아무 말씀도 안 하시고 머리만 긁적긁적하시더니 서재로 계속해서 천체망원경 장비를 옮기셨습니다. 날씨가 맑은 날이나 주말에는 아버지께서 과천과학관이나 초등학교로 천문 강의를 나가셔서 밤에는 아버지 얼굴 보기가 별 따기만큼이나 어렵고 힘들었습니다.

"여보, 미안해. 내일은 우리 하늘공원이나 갈까?"

아버지의 미안함에 대한 대답은 항상 같았습니다. 밤에 별을 보신다고 잠을 못 주무신 아버지는 하루 종일 침대와 친구가 되어 잠을 주무십니다. 결국 나들이는 못 가고 해가 서쪽으로 져버린 밤이 되기가 일쑤였습니다.

"아빠가 또 거짓말을 한 거야?" 동생 도현이는 아버지에 대한 서운함을 늘 나에게 표현하고 합니다.

아버지께서는 초등학교 선생님이신데 이해가 되지 않는 부분이 많습니다. 어떤 날은 학원을 끝마치고 돌아왔는데 현관에 신발이 30켤레 정도가 빼곡하게 놓여 있었습니다. 심지어 어떤 신발은 이층집에 사는 신발마냥 겹겹이 쌓여있습니다. 이게 무슨 일인가 싶어서 거실과 내방을 봤는데 이런 난장판도 없었습니다.

"엄마, 도대체 무슨 일이죠? 이 아이들은 누구예요?"

식은땀을 닦으면서 엄마가 나에게 큰 한숨을 쉬면서 말씀을 하셨습니다.

"너희 아버지께서 또 아무 말도 없이 제자들을 데리고 왔어, 엄마가 제 명에 살 수 있을지 걱정이다."

지금 우리 집 거실과 나의 방에서 장난감을 가지고 놀고 있는 아이들은 2학년 아이들로 아버지 이번 학년도가 끝난 제자들이었습니다.

'아버지는 왜 남의 아이들을 나보다 예뻐하실까?' 항상 의문이 생겼습니다. 다른 아이들에게는 별도 보여주고 제자들에게는 집에 초대도 해서 라면이랑 떡볶이도 요리해 주셨습니다. 그러나 내 주변 선생님께서는 그런 분이 한 분도 안 계십니다. 아버지께서는 무척 별난 사람 같고 서운한 게 가슴 깊이 밀려왔습니다.

2학년 꼬맹이들이 한바탕 엉망으로 만들어 놓은 방을 청소하면서 정말 짜증이 났습니다. 아버지가 너무나 미웠습니다. 아무리 선생님이시지만 제자들만 예뻐하고 동생이랑 나랑은 매번 찬밥 신세니, 엄마가 아빠랑 다투시는 것도 이해가 되었습니다.

아버지께서 미안하신지 가족들 신발도 닦아주고 설거지도 열심히 하시고 엄마의 어깨까지 주물러 주셨습니다.

"당신 또 제자들 데리고 오면 나 그냥 못 넘어가요. 조금 전에는 경비실에서 연락이 왔었어요. 30명이 넘는 아이들이 계단으로 11층까지 올라오니, 주민들이 수상하다고 신고를 했대요."

"미안해, 여보" 아버지가 미안해하실 때는 꼭 특유의 말투가 있으셨습니다. 곱슬머리인 아버지의 머리를 긁적이시면서 작은 눈으로 눈웃음을 치는 것이었죠.

엄마도 그런 아버지의 이상한 애교가 싫지는 않으신 모양입니다.

"무현아, 이리 좀 와 보렴."

아버지가 텔레비전을 보고 있는 나를 불렀습니다.

컴퓨터 앞에 앉아있는 아버지께서는 계속 맞춤법에도 맞지 않는 이상한 메일과 별 동아리 게시판에 자꾸 올라오는 글을 보시면서 말씀하셨습니다.

"이상하다. 그동안 우리 별 동아리 모임 카페에 이상한 사람이 없었는데 이런 이상한 사람도 있네."

나는 호기심에 컴퓨터 화면으로 더 바짝 다가가서 글을 확인하였습니다.

"아버지, 뭐가 이상하다는 거예요?"

"이것 보렴. 자꾸 고등학교 3학년 학생이라는데 별을 보여 달라고 내 메일로도 보내고 게시판에도 계속 올리고 있네."

눈을 둥그렇게 뜨고 다시 한번 모니터 화면의 게시판 글을 자세히 읽어 보았습니다.

[저 벼를 보고 싶어요. 차도 없어요. 벼를 보여 주세요. 천체 망원경이 없어요]

맞춤법도 다 틀리고 고등학교 3학년 학생이 쓴 글로 보기에는 너무 엉망인 글이 게시판에 며칠 동안 계속 올라오고 있다고 하셨습니다.

아버지는 별 동호회에 온 쪽지도 열어보았습니다. 그곳에서도 맞춤법이 엉망인 글이 또 있었습니다.

"누군지 모르지만, 장난이 심하네, 예전엔 별을 보는 사람 중에서 이런 장난을 치는 사람이 없었는데 회원 수가 늘어나니까 점점 이상한 사람도 많이 가입하는군"

아버지는 아무렇지도 않은 듯 다시 서재 책상 위에 놓인 사과를 무심하게 한 입 베어 물으셨습니다.

"무현이는 별을 보고 싶지 않니? 다른 아이들은 서로 보여달라는데 무현이는 별에 흥미가 없는 거야?"

난 머뭇거리면서 아버지의 안경에 비친 내 모습만 다시 바라보았습니다. 사실 별을 싫어하는 것이 아니라 밤늦게 다니는 아버지와 같이 다니는 것을 어머니가 더 싫어하실까 봐 걱정이 되어서 용기가 나질 않았습니다.

아버지의 서재에는 안드로메다은하가 액자 안에서 초롱초롱 빛나고 있었습니다.

"무현아, 저 안드로메다은하에서는 태양 같은 별들이 1,000억 개씩이나 반짝반짝 빛나고 있단다. 저 별에는 우리와 같은 생명체가 살아서 우리를 반대로 볼 수도 있고 말이야. 우주는 아주 신비로워......"

아버지는 엄마의 속도 모르고 늘 별에 대해 이야기만 하셨습니다. 식탁에서도 거실에서도 오직 별에 대한 이야기뿐, 내가 요즘에 관심사가 무엇인지는 전혀 관심이 없으셔서 안드로메다 액자를 몰래 감춰 버릴까 하는 나쁜 생각도 간혹 들기도 하였습니다.

다음 날 서재에 계신 아버지는 또 혀를 차시더니 고등학생이 또 글을 올렸다고 장난을 너무 오래 친다고 걱정하셨습니다.

"고3 학생이 대학 입학시험 공부는 안 하고 자꾸 이상한 장난만 치고 있으니, 게시판에 들어갈 맛이 나질 않구나."

아버지는 긴 한숨을 쉬시면서 자리에서 일어나셨습니다. 그리고 난 후에 나는 컴퓨터 게시판에서 지난번과 다르게 핸드폰 번호가 적혀 있다는 사실을 발견하였습니다.

"아버지, 그동안 별 보고 싶다는 말만 있었는데 오늘은 핸드폰 번호도 있어요."

거실로 나간 아버지가 허겁지겁 다시 서재 방으로 들어오셨습니다.

"이제는 전화번호까지 넣어서 장난을 치는구나, 이 학생 안되겠다는 걸"

아버지는 고등학교 3학년 학생에게 전화를 거시려고 핸드폰을 찾고 계셨습니다. 단단히 화가 나신 표정으로 핸드폰으로 전화를 걸기 시작하셨습니다.

"다시는 게시판에 장난을 못 하게 충고를 해야겠구나!"

난 장난을 치는 사람이 어떤 사람일까 궁금하면서 아버지의 표정을 보며 핸드폰으로 나오는 소리를 들으려고 귀를 바짝 가져다가 대었습니다.

"여보세요."

힘이 없고 가냘픈 목소리가 전화기를 타고 내 귓가에까지 들려왔습니다.

"학생이 자꾸 게시판에 글을 올리는 학생인가요?"

아버지의 무뚝뚝함에 고등학생은 조금 더 목소리가 떨리는 듯 들렸습니다.

"저기요. 아저씨 저 별을 보고 싶어요. 그런데 차도 없고 천체망원경도 없어요. 저에게 별을 보여 주시면 안 되나요?"

"별은 보여 줄 수 있지만, 학생이 고등학교 3학년이고 또 얼굴도 모르는 상황에서 밤에 모르는 사람 차를 탄다고 하면 부모님께서 걱정하지 않으실까요?"

아버지는 조금 전과는 다르게 무뚝뚝하신 목소리보다는 진심으로 고등학생을 걱정하시는 목소리로 말씀하셨습니다. 난 계속 아버지의 바싹 마른 입술과 전화기의 소리를 번갈아서 살펴 가면서 귀를 쫑긋 세우고 들었습니다.

"아저씨, 부모님께서 허락하셨어요. 제발 한 번만 보여 주세요. 안드로메다은하를 제 두 눈으로 꼭 보고 싶어요. 제발요."

고등학생 형의 목소리가 간절해서 아버지는 잠시 머뭇거리셨습니다.

"학생, 그러면 부모님 좀 바꿔 줄래요?"

그리고 그 형의 어머님과 통화를 하셨습니다.

"안녕하세요. 방금 전화를 한 학생의 엄마입니다. 이렇게 전화를 주셔서 정말 감사해요."

전화 속의 아주머니는 울먹이시면서 아버지에게 계속 고맙다는 말씀만 되풀이하셨습니다. 그런 후에 아버지는 아주머니와 약속을 잡으시고 강화도에서 별을 보여주겠노라고 약속을 잡은 듯하셨습니다.

며칠이 지나고 약속한 밤이 되자 밤하늘은 그믐이라서 그런지 가을철 별자리가 촘촘하게 떠 있었습니다.

"무현아, 너도 이번에는 아버지랑 같이 가자. 별을 보고 싶은 형도 데리고 가고 어때?"

성격이 내성적이라 낯선 사람을 만나는 것도 안 좋아하지만, 더 싫은 것은 차를 한 시간 이상 타면 멀미가 나서 용기가 나질 않았습니다.

"갈게요. 대신 아버지 주말에 게임 한 번만 시켜 주세요."

아버지는 웃으시면서 좋다고 하셨습니다.

그런 후에 염창동에서 고등학생 형을 태워 아버지가 자주 관측지로 나가시는 강화도의 어느 한 중학교 운동장에 도착했습니다. 밤이라서 그동안 보이지 않던 형의 얼굴이 별빛에 은은하게 비쳤습니다.

"너 이름이 뭐니? 형아 이름은 정태길이란다."

고등학생 형의 이름은 정태길이었습니다. 어디가 아픈지 얼굴은 창백해 보였고 걷는 걸음걸이조차 우리 할아버지가 걷듯이 천천히 걸음을 옮겨가며 내가 있는 쪽으로 와서 말을 걸었습니다.

"저는 무현이예요. 김무현"

형이 내민 손을 잡으며 태길이 형의 눈을 봤습니다.

그 형의 눈빛에서는 마치 나를 친동생을 만난 것처럼 봄 햇볕의 따스함이 느껴져서 전혀 추운 늦가을 같지가 않았습니다.

아버지는 천체망원경을 꺼내시면서 친절하게 태길이 형에게 설명해 주셨습니다.

"태길아. 이게 천체망원경인데 내가 가지고 있는 것은 굴절 망원경이야 앞에 대물렌즈 보이지? 좀 큰 편에 속해서 태길이가 보고 싶어 하는 안드로메다자리에 있는 안드로메다은하가 잘 보일 거야! 기왕에 어렵게 왔으니 페가수스자리에 있는 여러 별도 같이 봐도 좋겠다는 걸"

아버지께서는 눈이 초롱초롱해지는 형의 모습에 더 자세하게 설명해 주셨습니다.

"태길아, 나는 네가 차를 태워서 별을 보여 달라고 졸라서 처음에는 당돌하다고 생각했단다. 그리고도 며칠 동안 계속 글이 올라와서 이상하게 생각을 했었단다. 사실 그땐 장난치지 말라고 충고하려고 전화를 했단다. 그런데 태길이는 정말 별이 보고 싶은 것이었구나! 오해한 아저씨 용서해 줄 수 있겠지?"

아버지가 미안한 듯 태길이 형에게 보온병에 담긴 따뜻한 우유 잔을 건네며 말씀하셨다.

"아저씨, 정말 고마워요. 아무도 저의 게시 글을 보고 답을 하는 사람도 없고 반응도 없었어요. 심지어 핸드폰 번호를 써 놓았는데도 장난치는 게시판이 아니라고 핀잔을 주는 사람도 있었어요. 하지만 아저씨는 제 이야기를 귀담아 들어주셨어요. 오늘 아저씨를 만난 것이 행운인 것 같아요."

웃는 태길이 형의 눈이 마치 하현달에서 그믐으로 넘어가는 달처럼 더욱 작아 보였습니다.

함께 별을 본 후에도 태길이 형은 아버지한테 별을 보여 달라고 전화가 왔었고 아버지는 주말에 날씨가 좋으면 태길이 형을 강화도 어느 시골 중학교에 데리고 가서 별을 보여 주곤 하셨습니다. 멀미하기 대장인 나는 아버지와 태길이 형을 매번 따라가지는 못했지만, 간혹 따라가서 태길 형이랑 이런저런 이야기를 하면서 돌아오곤 했습니다. 단짝 친구 동진이의 형은 무섭고 동생을 부려 먹기만 하는데 태길이 형은 상냥하고 친절했습니다.

형을 만날 때마다'이런 형이 있으면 참 좋겠다.'란 생각을 수 없이 했습니다.

그해 겨울이 지나고 이듬해 6월 장마철이 되니, 태길이 형은 날씨 때문인지 연락이 오지 않았습니다. 별을 보는 것만 관심이 있는 태길이 형이 야속하기도 하고 흐린 하늘이 태길이 형과 만남을 방해를 하는 것 같기도 해서 마음에 계속 비가 내린듯했습니다. 그러던 어느 날이었습니다.

"여보세요? 무현 아버지 되시죠?"

저녁 식사를 하는 아버지의 전화로 모르는 아주머니의 목소리가 흘러나왔습니다.

"네, 맞습니다. 누구시죠?"

"저, 태길이 엄마예요. 혹시 태길이를 기억하시나요?"

전화를 거신 분은 태길이 형의 엄마였습니다.

'태길이 형이 오랜만에 별을 보고 싶어 하나? 장마철인데 별을 어떻게 보겠다고 전화를 한 거지?'

의문이 들었지만, 젓가락을 놓고 통화하시는 아버지의 전화기 소리의 울림은 계속 나의 귓가로 들어오고 있었습니다.

"태길이가 별을 보고 싶어 하나요? 그런데 어쩌죠? 장마철이라서 별을 보는 시기가 아니라서 지금은 별을 보기가 힘들 것 같아요."

"그게 아니라......"

잠시 정적이 흐른 후 태길이 형의 엄마는 몇 분 동안을 서럽게 우시는 것 같았습니다.

"태길이 어머님께서 무슨 일로 전화를 주셨는지요?"

아버지께서는 걱정스러운 듯 얼굴이 경직되시며 거실 창쪽으로 향하셨습니다.

"태길이가……태길이가 저세상으로 어제 떠났어요."

얼굴이 창백해 보이는 태길이 형이 아프다는 사실을 짐작했었습니다. 하지만 성격이 밝은 형이 어디 아프냐고 물으면 그냥 차를 오래 타서 속이 안 좋다는 말만 하여 아무렇지도 않게 생각했습니다.

"무현 아버님, 태길이가 어제 저세상으로 가면서 노무현 아버지께서 주셨던 안드로메다은하 사진을 꼭 자기 장례식장에 놓아 달라고 부탁을 하고 갔어요."

아버지는 고개를 떨구시고 계속 눈물만 흘리고 계셨습니다. 그렇게 우시더니 장례식장 위치를 물으셨고 내일 장례식장에 가겠다는 말을 태길이 형 어머님께 남기셨습니다.

그날 밤 나는 아버지께서 눈물이 그렇게 눈물이 많으시다는 사실을 처음 알게 되었습니다. 서재에서 밤새도록 흐느껴 우셨고 나도 이불을 뒤집어쓰고 나도 같이 울었습니다.

다음날, 장례식장에 아버지랑 검은 옷을 입고 도착했을 때, 눈이 작은 태길이 형의 사진과 안드로메다은하 사진이 하얀 탁자 위에 나란히 같이 놓여있었습니다. 아버지께서는 향불에 불을 붙이셨고 나와 아버지는 태길이 형한테 절을 두 번 하고 형의 영정사진과 안드로메다은하 사진을 번갈아 보며 멍하니 보고만 있었습니다.

"태길이가 아주 아팠었나요?"

"네, 사실 무현 아버지랑 별을 보러 다닐 때가 고통이 가장 심할 때였어요. 하지만 태길이가 그때가 인생에서 가장 행복하다면서 꼭 별을 보러 보내 달라고 사정을 해서 병원 의사 선생님께 말씀도 안 드리고 몰래 보냈어요."

맞춤법이 엉망인 게시판 글은 형이 죽기 전에 보고 싶어하던 별을 보여 달라는 간절한 몸짓이었다는 것을 그때야 나는 깨달았습니다. 태길이 형이 왜 연락이 없는지 그동안 많이 서운했었습니다. 그런데 태길이 형의 건강 상태가 좋지 못하여 연락할 수 없었던 것입니다. 매일 혼수상태로 있다가 간혹 통증이 덜해서 깨어나면 안드로메다은하 사진을 보고 싶다고 말을 했다고 합니다.

태길이 형은 별이 되어 오늘 밤에도 우리들이 함께 올려다

본 안드로메다은하의 어느 한 별 위에서 신나게 뛰어놀고 있지 않을까 생각해 봅니다.

그믐으로 넘어가는 달을 보면 형의 작은 눈이 생각나고

안드로메다은하를 보면 형과 함께했던 시간이 떠오를 것입니다. 아버지께서는 태길이 형에게 조문하고 우시면서 방명록에 글을 남기셨습니다.

별과 함께 떠난 소년

소년은 별빛을 받으며 행복해했고
멀리서 보는 별빛이 아닌 천체망원경 통해
더 많은 별을 보기를 갈망하였습니다.

이제 별이 되어 우리 곁을 떠났습니다.

별이 되어 강화도 어느 하늘가에서
별을 사랑하는 사람들을 지켜주겠지요.

태길아, 부디 좋은 곳에 가서 행복하길 바란다.

무현이 아빠가

* 시집 판매금의 일부는 시민들의 무료 천문교육에
사용됩니다.